COMEÇA EM MIM

Denise Nascimento dos Santos
Luiz Firmino (Org.)

Editora InVerso
® 2022. Editora Inverso

R. Doutor Goulin, 1523 Alto da Glória
CEP 80040-280 Curitiba-PR
(41) 3254-1616 e (41) 3558-8001
editorainverso@editorainverso.com.br
www.editorainverso.com.br
Facebook.com/editorainverso
Instagram @editorainverso

COORDENAÇÃO EDITORIAL
Cristina Jones
Editora InVerso

CAPA, PROJETO GRÁFICO, DESIGN E DIREÇÃO DE ARTE
Adriane Baldini

REVISÃO
Carlos W. Jorge

DADOS INTERNACIONAIS DE CATALOGAÇÃO NA PUBLICAÇÃO (CIP)
Mona Youssef Hammoud – CRB/ 9ª 1393

S314c

SANTOS, Denise Nascimento dos. **Começa em mim.**
Curitiba. Ed. InVerso, 2021
112 p. 15 x 18 cm - PTBR

ISBN: 978-65-89851-89-9

1. Contos e crônicas. 2. Sentimentos. 3. Desamor.
4. Sensações. 5. Cotidiano. I. Título

CDD: 869.15

Contos e crônicas: 869.15 Cotidiano: 372

APRESENTAÇÃO

Mas as coisas ruins – como as boas – nunca acontecem sozinhas e eis senão quando, de repente, meu orgulho de professor é despertado pelo trabalho despretensioso, mas belíssimo, de uma menininha de ginásio. Uma cartinha escrita para sua avó, como homenagem de aniversário. Vejam a beleza:

"

Casa de Vó... onde eu encontro o Lobão, o Chapeuzinho Vermelho. Até a bruxa da floresta sorri para mim. E a boneca "Gracinha" me pede um afago em seus cabelos dourados e sintéticos. Ou seria a "Lindinha", de cabelos negros? A sala, cheia de livros – todos lidos, ou quase todos. Um retrato, um quadro na parede, uma almofada de crochê no sofá... Sempre achei que para ser avó, era preciso saber fazer crochê ou tricô. Não consigo imaginar uma avó sem óculos, sem xale nos ombros e sem uma agulha de tricô e fios de lã no colo. Do contrário não seria uma avó típica – como 'manda o figurino'. Ah! E é indispensável que saiba fazer bolos de chocolate, pão e 'aquela' carne de panela!

Casa de vó tem sempre café feito na hora – independente da hora. E uma máquina de costura antiga, de pedal. Os agentes de viagem deveriam saber: casa de vó é o melhor lugar para se passar as férias. Sala de visita, em casa de vó, é a cozinha. Cozinha grande, para caber toda a família, ou então pequena, para que todos possam estar juntinhos, a um palmo do abraço do outro. Natal, em casa de vó, nem se fala!

Guloseimas diversas, feitas, é claro, pela nossa avó, e presentes inventados pela avó. Casa de Vó é carinho! Casa de Vó cabe dentro do coração! Casa de Vó é 'casão' ou 'casarão'. Um dia, casa de Vó vai passar a ser casa de bisavó, mas quando eu lá entrar, o Lobão e a Chapeuzinho Vermelho vão estar sempre brincando de esconder, a bruxa da floresta sempre sorrirá para mim... E a 'Gracinha' ou 'Lindinha' vão pedir um afago em seus cabelos negros/dourados e sintéticos...

"

E aí está a cartinha da "mignon" Denise Nascimento Santos: um mimo de trabalho, um mimo de menina, ternura pura em ambos, pura ternura em quem lê. E nem poderia ser de outra forma, convenhamos: Denise é neta do inspirado poeta José Rio Branco do Nascimento e sua amantíssima esposa. Vale a pena conhecer este casal, para entender o pequeno lírio chamado Denise. Para mim, a carta da Denise à vovó foi um refrigério, um momento de paz neste conturbado mundo. Conter a carta de Denise nos limites da crônica de hoje é a coisa maior e mais bela do meu jornalismo tupiniquim. Uma honra. Fico ansioso que o jornal chegue às mãos de certos leitores e leitores certos, para que possam gozar do deleite que experimento agora. Gostaria de ver o jornal nas mãos de Dr. Alcides, do professor Paula Alves, do professor Joaquim. Nas mãos de meu pai.

Texto escrito pelo professor Jorge Duarte, em ocasião do envio de uma carta de Denise que foi publicada no Diário da Manhã de Pelotas/RS em 11 de abril de 1982.

JORGE DUARTE

DENISE

Como professor de Língua Portuguesa, posso testemunhar que o Português que estamos ensinando aos alunos é uma droga. E o resultado é que eles escrevem, lêem, falam e entendem pessimamente mal. Cada vez pior e a tendência é esta mesmo: piorar mais. As razões do atual estado de coisas são várias, de variadas naturezas e fontes as mais diversas: o tal Português Moderno, a reforma do ensino, a desnecessária rotulagem nova para os mesmíssimos fenômenos gramaticais, mormente os sintáticos, a redução do número de aulas da disciplina em favor das chamadas "técnicas" (doméstica, agrícola etc.), a redução do tempo de duração das aulas e por aí vai. Cansado de ver que a coisa não funciona, tratei de afastar-me da sala de aula, no presente ano letivo, optando por uma função burocrática junto à biblioteca da minha escola, função plenamente compatível com a condição de professor da língua pátria. Tenho falado pouco sobre o Português, ultimamente: um pouco de cansaço e um tanto de desencanto, deve ser isto. Mas as coisas ruins — como as boas — nunca acontecem sozinhas e eis senão quando, de repente, meu orgulho de professor é despertado pelo trabalho despretencioso, mas belíssimo, de uma menininha de ginásio. Uma cartinha escrita para sua avó, como homenagem de aniversário. Vejam a beleza.

= = = = = = = = = = = = = = = =

"Casa de Vó... onde eu encontro o Lobão, o Chapeuzinho Vermelho. Até a bruxa da floresta sorri para mim! E a boneca 'Gracinha' me pede um afago em seus cabelos dourados e sintéticos. Ou seria a 'Lindinha', de cabelos negros? A sala, cheia de livros — todos lidos, ou quase todos. Um retrato, um quadro na parede, uma almofada de crochê no sofá... Sempre achei que, para ser avó, era preciso saber fazer crochê ou tricô. Não consigo imaginar uma avó sem óculos, sem xale nos ombros e sem uma agulha de tricô e fios de lã no colo. Do contrário, não seria uma avó típica — como 'manda o figurino'. Ah! E é indispensável que saiba fazer bolos de chocolate, pão e 'aquela' carne de panela! Casa de vó tem sempre café feito na hora — independente da hora. E uma máquina de costura antiga, de pedal. Os agentes de viagens deveriam saber: casa de vó é o melhor lugar para se passar as férias. Sala de visita, em casa de vó, é a cozinha. Cozinha grande, para caber toda a família, ou então pequena, para que todos possam estar juntinhos, a um palmo do abraço do outro. Natal, em casa de vó, nem se fala! Gulaseimas diversas, feitas, é claro, pela nossa avó, e presentes inventados pelo avô. Casa de Vó é carinho! Casa de Vó cabe dentro do coração! Casa de Vó é 'casão' ou 'casarão'. Um dia, casa de Vó vai passar a ser casa de bisavó, mas, quando eu lá entrar, o Lobão e a Chapeuzinho Vermelho vão estar sempre brincando de esconder, a bruxa da floresta sempre sorrirá para mim... E a 'Gracinha' ou 'Lindinha' vão pedir um afago em seus cabelos negros/dourados e sintéticos..."

= = = = = = = = = = = = = = = =

E aí está a cartinha da "mignon" Denise Nascimento Santos: um mimo de trabalho, um mimo de menina, ternura pura em ambos, pura ternura em quem lê. E nem poderia ser de outra forma, convenhamos: Denise é neta do inspirado e sublimado poeta José Rio Branco do Nascimento e sua amantíssima esposa. Vale a pena conhecer este casal, para entender o pequeno lírio chamado Denise. Para mim, a carta de Denise à vovó foi um refrigério, um momento de paz neste conturbado mundo. Conter a carta de Denise nos limites da crônica de hoje é a coisa maior e mais bela do meu jornalismo tupiniquim. Uma honra. Fico ansioso que o jornal chegue às mãos de certos leitores e leitores certos, para que possam gozar do deleite que experimento agora. Gostaria de ver o jornal nas mãos do Dr. Alcides, do professor Paula Alves, do professor Joaquim. Nas mãos de meu pai.

ÀS MÃES, COM CARINHO...

Mariana nunca se achara bonita: estatura mediana, cabelos crespos, olhos grandes, a boca muito carnuda e séria, a pele grossa. Gostaria de ser morena e de ter um pouco mais de nádegas também.

Era uma mulher gostosa, mas não bonita.

— Mas eles nunca reclamaram — pensou em voz alta.

Disse isso e olhou para o lado: a velha continuava na cadeira, com os olhos arregalados, a boca aberta e aquele vestido horroroso sujo de sangue pingava intermitentemente no piso limpo.

— Preciso arrumar essas coisas e ir embora. Já está ficando tarde — falou alto para se convencer de que ainda estava lúcida.

Pegou um pano, enrolou na sua mão e retirou a faca do corpo inerte, cuidadosamente, com receio de que fosse acordar a velha.

— Finalmente eu concordo contigo, queridinha: esta é uma boa faca! Não vale a pena desperdiçá-la. Vou lavá-la e guardar no lugar de sempre, não se preocupe.

Levantou-se, arrumou a mesa, lavou a faca e dispôs as coisas de um modo que não denunciasse sua presença ali, pelo menos nos primeiros dias de investigação.

Já estava ficando cansada de tudo isso.

Com o tempo aquele prazer que sentira na primeira vez já não fazia o mesmo efeito.

A primeira vez, parecia que tinha sido ontem, tamanha a nitidez em sua memória.

Paulo fora o primeiro. Brincalhão, bonito, gostoso...

Não era muito culto, mas isso não importava, pois estava extremamente apaixonada.

Era o segundo filho de três, por isso ela não ficara na defensiva.

Sempre tinha evitado namorar filhos únicos e caçulas. Não por eles, mas por causa delas.

Elas sempre foram a sua preocupação constante. Elas eram as culpadas, eram más. Mariana as odiava!

— As mães! Sempre as malditas mães! — gritou, atordoada pelas lembranças.

A mãe de Paulo beirava os sessenta anos. Era gorda, feia, andava sempre de mau humor. Sorria às vezes para os outros, nunca para Mariana. Tinha valores ultrapassados, gostava das coisas à antiga, tudo certinho.

Nenhuma mulher era boa o suficiente para o seu filhinho. Aliás, esse pensamento todas elas tinham em comum.

Mas Mariana aguentou calada as provocações, as discussões, as grosserias, até a omissão de Paulo, que não queria entrar em desavenças com sua velha e querida mãe.

Ela foi a primeira, Mariana chegou à noite. Sabia que a velha estava sozinha. Era uma boa hora!

A maioria das pessoas estava em casa, assistindo ao último capítulo da novela — outra coisa comum a todas: as novelas!

Ela nem esboçou um sorriso ao abrir a porta para Mariana.

— Isso não é hora de mulher andar sozinha na rua. O Paulo não está! Nem sei aonde foi, nem quero saber!

A primeira estocada fez um ruído desagradável naquela barriga fofa. A segunda entrou como numa gelatina. A terceira, a quarta, Mariana já não prestava atenção, pois pensava em lavar a faca, colocar o corpo na sala, desarrumar algumas coisas para dar impressão de assalto e sair dali se esgueirando.

Depois veio a chateação: o desconsolo de Paulo, o velório, o enterro (até conseguira chorar!) — apatia.

Alguns meses depois, romperam.

Então veio Leandro: sensual, elegante, meigo, educado, inteligente e muito culto. Sério. Apaixonaram-se.

A mãe era mais baixa que ele. Tinha queda de cabelo, era grossa, autoritária — queria os filhos permanentemente ao seu lado.

Ela vivia a vida dela e a deles.

E, claro, Mariana não prestava.

Mesmo assim se casaram. Mariana suportou dois anos de humilhações, de bate-boca, de provocações, de silêncio.

Separaram-se mês passado.

E hoje ela concluiu o que esperava há tempo: acabar com a velha. Não sentia pena nem de Leandro. Só uma paz.

Mariana se refez das lembranças, pegou suas coisas e saiu. Enquanto se dirigia para a parada de ônibus, pensava:

— Preciso visitar meu novo vizinho; não é exatamente o homem que eu queria. Tem até um defeitinho na perna. Mas aquela mãe dele!...

CONSIDERAÇÕES A RESPEITO DO SUSPIRO

Na culinária: doce feito com pasta de claras de ovos batidas com açúcar;

Na música: som doce e melancólico;

Na hidráulica: acessório que se instala em canalização para o escapamento de ar em excesso, ou de gases.

Respiração entrecortada e mais ou menos longa, produzida por...

Saudade: mas aquela acumulada durante anos e de que nunca tínhamos nos dado conta, e um dia ao acordarmos descobrimos que aquele enorme vazio, cratera, buraco negro na nossa vida é a saudade que sentimos de uma pessoa;

Insatisfação: de olharmos para dentro de nós mesmos e não gostarmos do que vemos;

Satisfação: de olharmos para dentro de nós mesmos e descobrirmos que somos lindos (e nos amamos), e continuarmos a nos amar mesmo quando estamos anojados de tanto comer pepino;

Tesão: mas não o tesão morno, esperado, apropriado, e sim aquele que chega a dar contato pelos cabelinhos do braço, aquele que dá estática, aquele que começa com um friozinho no umbigo e em revoluções helicoidais chega até o peito e se espalha cadenciadamente por todos os membros (?!); aquele em que perdemos a consciência no exato momento em que o experimentamos;

Tristeza: de não ter, de não fazer, de reconhecer...

SUSPIRAR, de certo modo, é viver.

Eu suspiro, logo vivo...

(aguarde conclusões, já me perdi!)

CREPÚSCULO

A hora convidava à meditação: entardecer, barulhos aos poucos se amenizando, e as cores que há pouco transmitiam vivacidade iam se transformando no acinzentado cúmplice dos prédios.

Era a hora em que Ricardo se sentia mais deprimido, principalmente quando chegava em casa, pois na ida do trabalho até o prédio onde morava ainda encontrava pessoas, carros e até alguns animais.

Mas ao entrar naquele corredor escuro (já tinha reclamado ao zelador a troca das lâmpadas) — tudo voltava: a sensação de abandono, o choro na madrugada, o pedido da volta, o sofrimento, a dor. Era um martírio entrar no apartamento completamente apagado.

E Nara continuava irredutível: não voltaria mais para ele.

Olhava agora na janela e sentiu algo estranho: as cores já não estavam tão cinzentas. Então ele juntou toda a sua coragem, e colocou as esperanças de lado.

Foi até o quarto, colocou todas aquelas cartas — de anos! — dentro do saco de lixo e precipitou-se escada abaixo.

Colocou o lixo na calçada e correu para seu refúgio.

Chorou a noite inteira.

Cedo acordou, tomou seu café, constatou que já estava atrasado.

Mas ainda dava tempo — pela terceira vez na semana — de pegar o saco antes de o lixeiro passar.

Meu nome é JÔ. Estou aqui, sentada nesta cama, apenas de calcinha e sutiã provocantes, que comprei na última liquidação da Casa LU.

O quarto em que estou é de tamanho razoável, tem uma cama grande e confortável, um armário de duas portas parecido com o de minha avó, e uma cômoda que até a semana passada estava no brique ali da esquina. Está vazia, como tudo aqui dentro. Não quis colocar nada meu neste quarto, além de mim — não cria elos. Ainda não atendi o primeiro e já me sinto cansada, mas prefiro sentir todo este tesão e depois cair exausta a não sentir nada.

Batem na porta. Pela batida tímida deve ser Augusto.

— Entre, a porta está aberta.

Sempre está aberta, mas todos batem! Mesmo neste lugar.

— Desculpe o atraso, JÔ, mas eu não conseguia convencer Antônia da benevolência de DEUS e que o fato de ela ter pensamentos pecaminosos com o chofer de táxi não era empecilho para entrarmos no reino dos céus.

— Tudo bem, padre Augusto. Trouxe a camisinha?

— Eu nunca esqueço, JÔ.

O padre não era velho: devia estar perto dos cinquenta, mas aparentava menos. Era belo, à sua maneira.

À medida que ele tirava a roupa, eu começava a sentir um calor entre as pernas, meu corpo até então tenso relaxava por completo e eu me entregava. Fechava os olhos e procurava usufruir todas aquelas sensações.

Pronto. Continuava com os olhos fechados, mas agora ouvia o barulho de um ônibus, ao longe.

— Nada melhor do que uma boa trepada para dar vazão às nossas culpas — disse o padre, que assim, nu, não passava de um homem como outro qualquer.

Ele pagou e saiu, apressado.

Sacudi os lençóis, arrumei os travesseiros, coloquei a roupa. Daqui a pouco chegaria Bernardo; ele gostava de tirar a minha roupa lentamente. Era o único a quem eu permitia algumas regalias. Deitei e esperei. Não muito, pois logo batiam à porta novamente.

Era Bernardo. Até mesmo o som na porta era sensual.

Não era bonito, mas exalava masculinidade — o que o tornava lindo. Tinha um cheiro seu que me embriagava.

— Entre logo, amor.

— Como vai, JÔ? Hoje temos muito tempo. As eleições no sindicato só serão decididas semana que vem e eu organizei o pessoal ontem, por isso posso ficar o tempo que quiser.

— Então venha aqui, Bernardo.

Nos abraçamos sem dizer nada: ambos sabíamos da falta um do outro.

Tirava as minhas roupas e ao mesmo tempo me acariciava. Eu me desarmava frente àquelas mãos incrivelmente sedutoras.

— Me toque, me ame — dizia eu, delirando.

Era a palavra-chave.

Nunca concordei com quem diz que o prazer de uma relação está nas preliminares — acho que o prazer está na penetração em si. No ato. No fazer.

O pensar eu deixo para os filósofos.

Bernardo saiu dali duas horas depois, totalmente seguro quanto ao seu poder de "conduzir as massas". E eu extasiada!

Em seguida entrou Adelaide — mulher bonita, inteligente, fraca. Buscava coragem para assumir sua homossexualidade. Só pedia que eu me masturbasse.

— Comece, JÔ. Eu já não aguentava de tesão, só de pensar nessa bucetinha cheirosa.

— Quer experimentar, Adelaide? Está quentinha!

— Não, JÔ. Ainda não.

Gozava e saía quase correndo.

Sexo é assumir-se, também. Nunca tive tempo de dizer-lhe isso, pois ela despencava escada abaixo.

Acho que por hoje chega. Peguei minhas coisas, me vesti, arrumei os cabelos. Saí. Fechei a porta atrás de mim e sorri.

Peguei o carro na outra rua e dirigi, pensativa, até chegar em casa.

Paulo Sérgio me esperava na frente da televisão, como sempre.

— Olá, querida. O filme estava bom?

— Como eu esperava, querido.

A porta fechou e eu, Maria José, entrei na sala vazia.

Porto Alegre, 24/1/1994

Alexandre:

Deves estar te perguntando, ao ver meu nome no envelope endereçado a ti, o porquê de eu estar te escrevendo hoje. Respondo, então: decidi dar teu pijama para o zelador aqui do prédio; tirei tua fotografia da minha carteira e coloquei no lixo; não vou mais ligar para tua casa e ficar muda do outro lado da linha só para ouvir a tua voz: mudei o trajeto que faço para ir à médica, portanto não vou mais passar em frente à tua casa; desmanchei aquele busão rasgado que me deixaste; vendi no brique aquela panela de ferro que compramos; comecei a frequentar pizzarias novamente. Por isso te escrevo hoje: para mostrar que depois de cinco anos de análise consegui superar essa fase ruim e me desfiz de tudo que fazia eu me lembrar de ti. Sou ou não sou uma vencedora?

Por favor, mande com urgência a resposta para o endereço no envelope ou ligue agora para mim. Não esqueceste o meu telefone, não é?

Com carinho...

2ª FÁBULA DA SÉRIE: ESTÓRIAS PARA AS CRIANÇAS QUE AINDA EXISTEM EM NÓS

O UNICÓRNIO

Há muitos anos, numa terra muito distante (mas não muito) existia um país conhecido como PAÍS CHINFRIM. Nesse país viviam poucas pessoas (afinal, era um lugar chinfrim). Também existiam plantas, água, animais — tudo de que um país precisa.

Essas pessoas que moravam nesse lugar se conheciam há muitos anos, e por isso achavam que todos se bastavam, não precisavam conhecer mais ninguém. Formavam uma sociedade fechada e feliz (?!).

Elas conversavam, brincavam, brigavam e se amavam.

Tudo corria normalmente, os dias passavam tranquilos, até que numa bela manhã de um dia como outro qualquer um estranho animal vindo não sei de onde apareceu num jardim daquele estranho lugar.

As pessoas olharam o animalzinho e não souberam dizer o que era. Consultaram então um enorme livro azul que falava de todas as coisas e descobriram que estavam diante de um UNICÓRNIO.

A princípio olharam-no com desconfiança, pois era um estranho naquele mundo chinfrim. Mas aos poucos todos se encantaram com ele, pois era muito meigo e bonito, e pensaram que morando num lugar chinfrim, com pessoas chinfrins, acabaria se tornando um UNICÓRNIO CHINFRIM.

Mas o que as pessoas não sabiam é que em vez de transformarem o UNICÓRNIO, ele é que as estava transformando!

E cada dia que passava, além das pessoas conversarem, brincarem, brigarem e se amarem, elas começaram a pensar. E pensando tomaram consciência de que só elas não bastavam, e que não eram tão felizes assim.

E começaram a se transformar, e descobriram que além daquele lugar existiam outros lugares com outras pessoas, não tão chinfrins.

E o UNICÓRNIO? Assim como chegou, uma linda manhã ele partiu (mas não tão linda assim).

Mas sua imagem ficou no pensamento daquelas pessoas que não eram mais chinfrins.

MORAL DA ESTÓRIA (afinal toda fábula tem uma moral — ainda que chinfrim):

EM TERRA DE PESSOAS CHINFRINS,
UM UNICÓRNIO SERÁ SEMPRE UM UNICÓRNIO!

Quem lida com o sexo sabe que está diante de algo que só acontece em toda a sua intensidade quando se perde o controle. Quando estamos na cama com alguém, estamos dando permissão para que essa pessoa comungue, não apenas com o nosso corpo, mas com toda a nossa personalidade. São as forças puras da vida que se comunicam, independentemente de nós — e então não podemos esconder quem somos.

Não importa a imagem que tenhamos de nós mesmos.

Não importam os disfarces, as respostas prontas, as saídas honrosas.

No sexo fica difícil enganar o outro — porque ali cada um se mostra como realmente é.

SENSAÇÕES

— "Mal-educada!" — as palavras ainda dançavam em sua mente, mesmo depois de tantas horas.

Como poderia lhe dizer que não era uma questão de educação, como ele pensava?!

Ela e a vó sabiam, viam, sentiam, não eram necessárias muitas palavras. Talvez a vó, sim, pois sentia falta de conversar com pessoas, mas ela não. Como poderia dizer que estava ali com um propósito, que sabia que suas visitas seriam frequentes, que já estivera ali a semana toda (a vó sentira a sua presença).

Às vezes torna-se fatigante explicar-lhe tudo. Mas ele é curioso (e sente medo). Para a vó não precisavam muitas palavras: ela sabe. Mas ele não. Quer saber ouvindo. Não procura sentir. E isso até a deixa um pouco triste.

Ao chegar naquela casa ela já estava preparada. Entra, senta-se e observa. Na primeira vez estavam todos ali, rodeando, ouvindo, testando. Foi uma semana difícil. As noites em que ela esteve ali, encontrou alguns, mas na segunda vez em que foi, só os seus e os da vó estavam presentes. Os outros tinham ido embora.

E os dele... são os mesmos.

Mas ele não vê e não sente, portanto fica difícil explicar tudo.

Tudo acontece ali: os três conversando, os outros ouvindo, e mais outros tentando entrar.

Como dizer a ele que ela já sabia da busca desse "alguém" — eles já haviam avisado a ela. Como dizer a ele tudo, se ele nem mesmo quer ouvir?! Ele quer saber de coisas que já estão acontecendo e procura se convencer que elas ainda levarão um bom tempo para acontecer. Se afastar não adiantará. Como dizer a ele que ela observa tudo: o lugar, as pessoas, e que através das mãos, do toque na vó, procura aliviar as dores da velhice? Ela ouve cada palavra, sim. E responde através do olhar, dos gestos. A vó sabe. Ela não precisa explicar muito a ela, a vó. Mas ele não vê e não quer enxergar.

Ela tem vontade de tocá-lo para aliviar suas dores, mas ele não deixa. Tem medo e se afasta.

E também não percebe quando ela está tentando ouvir o que ele diz mesmo sem falar (a vó sabe!).

Por isso o silêncio, por isso os olhares vagos.

As visitas vão continuar. Um dia ele vai perceber.

Até lá apenas as duas vão conversar e sentir.

(Obs.: isto é obra de ficção: qualquer semelhança com a realidade é mera coincidência.)

A JANELA

— Daqui enxergo o mundo!

Disse isso e abriu os braços, como se com esse gesto pudesse realmente abarcar a vida.

— Vejo as árvores, vejo a cidade, vejo algumas pessoas, vejo o morro longe e ao mesmo tempo perto. Vejo o céu, vejo os pássaros. O dia está lindo realmente. Tenho vontade de tocá-lo. Talvez se eu tocá-lo eu me transforme. E se eu me transformar naquilo que não consegui ser, talvez eles voltem. Todos. Todas as pessoas que me abandonaram, que me fizeram sentir tão incrivelmente mais só.

Mas ao mesmo tempo se eu não fosse só, eu não seria eu.

E hoje eu estou gostando de ser eu. Porque só eu adoro olhar desta janela. Só eu posso olhar nessa janela.

Só eu posso pular dessa janela...

Tenho andado quieta, sim. Mas tenho andado quieta porque estou tentando me escutar.

Às vezes fico horas deitada, com os olhos fechados, revendo e escutando. Eu sinto, mas não ouço o bastante para que eu reconheça e tente explicar ou mesmo externe o que sinto.

Analiso para ver se reconheço. Vejo de fora. Não ouso penetrar muito para que não haja reconhecimento.

Tenho medo de olhar de frente, porque posso perder o controle que consegui com tanto esforço.

Estou no limite de reconhecer ou ver.

Sentir equivale a me exteriorizar inteira. Isso me faz um alvo fácil.

O HOMEM DE CRISTAL

Estou livre, isso que sei é o que importa. Consigo respirar novamente e os pulmões se enchem de um delicioso êxtase. Estou só, deslumbrantemente só. Esta condição me alça a alegrias antes inimagináveis. Liberta de toda a pieguice dos sentimentos enferrujados, vago solta por planícies desconhecidas. Sou o que sou e já não mais importa saber o que quer que seja.

A pedra negra coloriu-se e a vida ganhou o sabor de um arco-íris. Afastada do mundo, encontro em mim perguntas e respostas. Não perambulo angustiada pelas ruas procurando novos postos e novas solidões. O cristal quebrou-se e, fragmentado, ganha a dimensão de poesia. Cada pedaço, uma fagulha incendiada de vida; cada pedaço uma descoberta mirabolante. O que era unidade, hoje tornou-se dissolução. Viva a loucura do mergulho profundo, sem volta. Vivam as palavras que escrevo nesta folha clara. Não preciso de roupas, de pessoas. Basto-me como a pedra de cristal basta a si mesma. Não sofro mais por risadas, comentários. Dane-se o escárnio dos homens, danem-se os homens, seres que jamais penetraram em meu universo. As pombas vagueiam em sonhos diletantes, formigas caminham por meu corpo e o prazer é intenso, inquietante. Mil olhos me espelham, mas beijo sempre a mesma boca e me atraem os mesmos olhos tristes.

Adoro-o e ele não sabe, toco em seu peito, aliso seu sexo e sinto pulsar no meu corpo mãos misteriosas.

Adoro-o nesta solidão de paredes sujas, encardidas. Admiro as pernas, as nádegas. Adoro-o e me divirto a flertar com a figura por trás do vidro polido. Existirá alguém mais belo, mais doce? Existirá alguém que mereça tanto ser amado?

Ah! VIDA! Querias-me arrasada, torpe, pedinte?

Vida estúpida, venci. Não peço mais nada. Meu despeito cuspido não mãos que se oferecem. Venci todos os sentimentos, toda a agressão das lágrimas correndo em direção à boca. Venci! E meu ser arqueja enquanto a vida foge, cruzando o buraco aberto pela espátula de cristal. Sangue e riso unidos num encontro inesperado.

É tarde. Os homens sujam-se no meu sangue, lavam-se com ele, incapazes de prender minha alma, que, alada, voa rumo ao infinito.

SÁBADO

Não sei se era o meu desejo de te sentir por perto, ou se realmente estavas comigo — tua presença sábado era saliente demais.

DOMINGO

Acordei com a certeza de te encontrar, fui para o brique, andei, andei procurando minuciosamente,

tinha a impressão de que a qualquer momento,

no meio daquela gente toda

Eu te veria

Voltei para casa contente

Com a procura.

NO MEIO DA NOITE

Aqui estou eu, novamente pensando em ti. Já nem mais me surpreendo, pois esse pensamento tem sido uma constante. Um pensamento gostoso, tão intenso que chego a te sentir por perto.

Estás atrás de mim agora, me enlaçando pela cintura e me molhando o pescoço com um beijo quente, muito quente. Sinto tuas mãos no meu corpo e o roçar da tua barba por fazer na minha pele faz com que eu te deseje todo. Ouço a tua voz no meu ouvido e ao mesmo tempo a vibração de meu corpo. Pedinte. Beijo tua boca, sinto tua língua morna, bebo todo esse teu olhar até ficar languidamente embriagada. Adoro sentir as palavras que eles me dizem.

Estou molhada. A excitação é tamanha que os bicos de meus seios parecem que vão explodir em pedacinhos e voar pela janela.

A imagem se desfaz. Era um sonho, apenas. O terceiro nesta semana.

Abro os olhos e tateio a escuridão; não te encontro. Me viro na cama, minha mão te toca, eu te sinto. Sorrio aliviada: estás ao meu lado.

O HOMEM DO CHAPÉU PRETO

A luz da noite entra pela janela e eu visualizo os objetos claramente. As sombras que se formam na parede são bonitas — acho até que se movimentam.

Ergo a cabeça do travesseiro, procurando não fazer muitos movimentos, pois tenho a impressão de que se fizer muitos ruídos, as sombras bonitas na parede se dispersarão, a lua que me observa se esconderá, e a noite continuará lá fora à espreita. Então, para não desfazer a magia, eu permaneço quieta, olhando, esperando.

Está quase na hora, minha expectativa é grande.

E então, de uma união de sombras, uma sombra maior começa a se formar. Já assisti a essa imagem se formando inúmeras vezes, mas a cada dia minha reação é maior (excitação!). E aos poucos eu vejo seu corpo forte surgir do nada, suas mãos, seus cabelos pretos, seu sobretudo preto, seu chapéu preto. Um todo negro — é sombra!

Aos poucos ele vai girando e volta-se inteiro para o meu lado, para os meus olhos, a boca sorri linda e eu sem espera estendo meus braços, me envolvendo inteira naquele negro abraço.

Fazemos amor a noite inteira. A noite inteira me perco naquele beijo.

Durmo serena. Antevejo sua saída ao amanhecer, mas não penso. Sinto o homem ao meu lado e sorrio.

É amanhã. Abro os olhos e constato: o homem foi-se, mas o chapéu e o sobretudo ainda me observam do cabideiro.

O CHEIRO

Abro a porta devagar e imediatamente sinto seu cheiro. Demorei a me acostumar, mas agora entro e sou envolvida pelo cheiro como se fosse minha respiração: é natural.

À medida que entra pelas narinas, começo a sentir um frenesi, um desejo toma conta das partes ainda resistentes de meu corpo e eu aguardo o momento do gozo. Ele vem devagar, leve, como a cuidar onde pisa e me pega extremamente aberta. O choque é intenso. As convulsões desta vez duram mais tempo. Temo não aguentar; o meu próprio medo faz eriçar os pelos da minha vagina, agora molhados e colados à pele. Introduzo os dedos naquele buraco quente e as convulsões aumentam: sinto-me amolecer. Imprimo um ritmo mais rápido e tenho a impressão de que meus dedos ardem, ao mesmo tempo que procuram involuntariamente tocar meu cérebro. Me arrasto com esforço, pois minha mão tenta entrar furiosamente dentro de meu corpo. Procuro chegar até ele antes da explosão. Quero tocá-lo e sentir seu cheiro de perto. As narinas dilatam, meu útero dilata, tateio à sua procura, pois meus olhos estão fechados. O cheiro torna-se mais forte — eu toda ardo.

Tropeço em algo. É seu corpo que ainda jaz no mesmo lugar — em que o deixei há dois dias. Toco-o, encosto meu nariz em seu peito e explodo em múltiplos orgasmos, um após o outro, cadenciados, me esparramando no chão da sala.

O cheiro ainda é forte. Olho agora para aquele corpo sem vida. O ferimento na cabeça ainda amedronta. Há dois dias ele está morto, mas consegui que seu cheiro não passe da porta da frente.

AS AGENDAS

Elas estão todas em casa. E eu estou sozinha com elas. Mas o medo de descobrir algo que não quero é maior que minha curiosidade. Por isso estou quieta, aqui. O que será que dizem, o que será que escondem. Que letra ele usa quando escreve nelas. De quem será que falam, se falam, o que escrevem — minha curiosidade é suicida.

A PERSONAGEM ABRE A PRIMEIRA PÁGINA

Ele sorri. Não só seus lábios finos e grandes abrem-se num sorriso: seu corpo todo sorri e os olhos negros divertem-se com o receio das pessoas ao encará-lo. Seu olhar penetrante faz com que visualizemos algo atrás dele.

A pele macia contrasta com seus cabelos negros e ondulados. Alto, seu corpo faz desaparecer outro corpo. A sobrancelha, séria, com os pelos revoltos demonstra sempre atenção com os ruídos da rua. E o nariz lembra o ator de um filme futurista. Ele deve ter visto, pois tem o livro aqui.

As mãos grandes são perfeitas — sob medida para seios e pescoços e coxas das mulheres que aparecem.

Ele é feio, e sua voz retumba quando a noite afasta os ruídos e ele sai. Ele é feio e está na vitrine da sua loja.

Da rua ouve-se Louis Armstrong cantando como se estivesse sentado no sofá da nossa sala. Ele é sensível e humano: sente-se calor ao apertar suas mãos. Conversa muito e muito baixo. Viaja sempre, talvez por causa das aulas de História. Sonha ter um barco, mas agora o que tem é essa livraria.

Longe daqui, fuma e bebe. E é triste.

Agora ele pega um livro de uma pilha, acende um sorriso e apaga o cigarro. Passa as mãos no cabelo leve e suspira. Ele é triste. Está cansado — os sulcos perto dos olhos revelam isso.

Está lendo. Deve ter uns trinta e cinco anos — não mais que isso.

Quem passa na rua neste momento em que o dia desesperadamente luta em virar noite e que a última claridade esconde-se atrás do cinza dos edifícios — quem passa na rua e olha através da vitrine da livraria — neste momento suicida de todos os finais de tarde e o vê — pensa naquele personagem da Lya Luft.

Leonardo, está na placa. E, ao escutar seu nome, levanta, guarda o livro, me avista do outro lado do vidro e sorri. E sai pelo outro lado. E abandona. Mas o sorriso aquece e faz com que a noite não seja tão fria.

Ele é bonito e triste e feio. Esse pensar embala e aquece, mesmo no chão frio da calçada onde ele passa.

A PERSONAGEM E A EPÍGRAFE

"Juro que os que quiserem somente a verdade vão perder o melhor da festa."
Ricardo Silvestrin (Palavra Mágica)

— Dez minutos, meu tio. Dez minutos a mais e hoje não estaríamos aqui — dizia Leonardo, observando a fisionomia cansada do tio, encostado na parede. Olhava as pessoas, imaginando o que pensavam, ficava atento à entonação da voz, a um olhar mais significativo. Perguntou que horas eram e o tio, absorto, respondeu que não sabia.

— O tempo parou por um instante. Vamos fazer de conta.

Chegavam mais pessoas, a sala estava lotada, a peça contígua também.

Leonardo levanta-se e diz que precisa de um café e de ar puro.

KIKA E EDIMILSON

Bom dia, Princesa.

Abro a porta mas não consigo prestar atenção. Penso nisso a cada dia: Adivinhar de onde veio metade da minha criaturinha. Seria legal saber quem é o pai.

Sorria. A sorte veio bater à sua porta.

Lembro que era magro, o cabelo liso. Usava umas roupas bem hippies, mesmo sendo um tanto coroa. Era ator — ele disse. Não lembro nem o nome. Foi tudo tão louco que se nos encontrássemos não iríamos nos reconhecer.

Não quer comprar um carnê?

LEONARDO ASSISTE A UMA CENA DE ARREPIAR

O livro de Vladimir Maiakovski escorrega da mão de Leonardo, cai lento com as páginas abertas sobre seus joelhos e atira-se estrondoso no chão de tábuas corridas simétricas que formam um desenho estranho no quarto iluminado. Ele acorda, sobressaltado, junta o livro, dá um jeito nos cabelos defronte ao espelho creme que enfeita o final da escada, olha o relógio na parede oposta: uma e vinte quatro. Pega o chapéu preto e o sacode, tentando tirar a poeira. Vai até a sacada e observa a noite. Está frio. Coloca o casaco e sai, trancando a porta. A rua movimentada (apesar da hora) tem um aspecto diferente vista do interior do carro. As imagens são distorcidas pelo reflexo das luzes, e não há barulhos. O carro para na sinaleira, desliza na avenida e entra à direita. Um menino saído da calçada tenta atravessar a rua desesperado. Coloca-se ao lado do carro e grita:

— Moço, por favor, deixa eu entrar, por favor!

Para quando avista um homem alto se aproximando e corre. O homem alcança a criança na outra esquina, pega-a pelo braço e começa a bater no rosto, na cabeça, nas pernas, o sangue já começa a aparecer no nariz, e o homem não para. Leonardo assiste à cena como se estivesse em transe. Algumas pessoas correm, tentando separar o menino da brutalidade, mas o homem não se comove. Ao contrário, bate cada vez mais forte. Leonardo sai do carro maquinalmente. Escuta o homem gritar:

— Ele roubou. É um maldito marginalzinho. Tem de aprender.

Alguém consegue segurá-lo, e outra pessoa pega o menino. Leonardo não acredita no que vê: o homem é o pároco da igreja que sua mãe frequenta.

LEONARDO E A PAIXÃO SEM FRONTEIRAS

Da cadeira onde se encontra, na sacada do quarto, Leonardo vislumbra a noite da cidade inteira. E também o corpo de Maíra deitado displicente sobre o edredom. A luz que vem do corredor é suficiente para que enxergue todo o quarto: algumas almofadas no chão, roupas, livros na poltrona. E o corpo de Maíra. Ele pensa em acordá-la, acariciá-la, passar as mãos em suas costas, mas desiste. Já não lembra quantas vezes ficou nessa posição, a observá-la, desde que se conheceram. E faz um tempo cheira a noite e sente que seus músculos vão aos poucos relaxando, abre os dedos, estica as pernas, aspira o ar úmido e deixa-se amolecer. Essa mulher faz com que eu me sinta volátil, pensa. Sinto que abandono meu corpo — sou um zepelim agora. Maíra se mexe na cama e Leonardo percebe. Pergunta se está apaixonado e ao mesmo tempo nega com um movimento. E imita o modo como cheira os cabelos dela. E abraça o nada, com os olhos fechados. Ergue-se, chega ao parapeito e sente vontade de gritar. Mas sente que não ficaria bem — o prédio inteiro comentaria pela manhã. Ele senta na sacada e pensa que, se pulasse no vazio naquele momento, chegaria lá embaixo muito rápido. Mas ao mesmo tempo feliz. Será que está fora de moda nos sentirmos felizes?, pergunta

Leonardo a um público invisível. E ouve sonoros nãos vindos da cidade, embaixo. Se tomar cerveja, escutar música, fumar e conversar ao mesmo tempo, transar com a mulher que amo é sentir-se noutra dimensão. Eu não quero voltar de lá. Leonardo escuta seu nome, levanta e vai ao encontro da mulher. Encosta-se ao corpo quente e adormece.

LEONARDO E O ENCONTRO COM MARGÔ

Dezessete horas e ele está atrasado. Dezessete horas e não me importo de esperá-lo. Sei que chega daqui a pouco. A tarde começa a esmaecer. Um fim de tarde outonal, sem dúvida: choveu pela manhã e agora as plantas e árvores ainda estão úmidas, sobe um cheiro de terra. As pessoas estão indo para suas casas, luzes de alguns edifícios se acendem e eu sentada aqui, no banco deste parque que frequento há anos. As coisas não mudaram muito — algumas árvores em que não tinha reparado, muito mais pessoas andando por aqui, e... ah! Lá vem ele.

Sorrio. Ele vem calmo e pensativo, e quando me vê, faz de conta que me procura.

— Olá, Margô.

— Olá, Leonardo.

Não me levanto e puxo-o para dar um beijo estalado em seu rosto.

— Não fizeste a barba hoje — digo para provocá-lo. Ele faz que não ouve.

— Como está bonita com essa roupa, Margô. Mais radiante, diria até que está sensual.

— Obrigada, Léo. Já escolheste o filme que vamos assistir?

— Não. Prefiro ir a algum lugar tomar uma cerveja e escolhermos juntos. Trouxe o jornal.

— Então vamos. Não pretendo chegar muito tarde em casa hoje.

— Como está o Fernando?

— Oh! Está muito bem. Foi a um jogo com os amigos, hoje. Gostará de saber que perguntou por ele.

— Não é preciso dizer, Margô. Estou perguntando apenas por educação.

— Está bem, não se fala mais nisso.

Seguro em seu braço apenas, mesmo com uma enorme vontade de sair pela rua levando-o pela mão, como fiz tantas vezes por esses mesmos caminhos.

Começou a contar-me da viagem que fez há pouco, do trabalho, das suas mulheres. E eu atenta a tudo: à conversa, ao movimento, às pessoas, às luzes, aos cheiros noturnos que começam. Olho e vejo um homem bonito e interessante: de soslaio seu olhar me assusta, às vezes. Temo desconhecer Leonardo, então me detenho nos gestos, nas expressões e convenço-me — é ele mesmo.

Sentamos no seu bar preferido, conversamos, rimos, nos lembramos de fatos e coisas acontecidas, ficamos tristes. O horário do cinema já passara, como sempre acontece nesses encontros.

— Já está tarde, Léo. Quando vais lá em casa?

— Não sei, mãe. Qualquer dia apareço.

É Leonardo, o mesmo menino teimoso que conheço há anos. Com a desculpa de que precisamos estar sozinhos, ele programa esses encontros mensais. É engraçado que isso se tornou um hábito logo que conheci Fernando! Antes passava meses sem ver, agora encontro-o uma vez por mês, mas a falta dos dias que passeávamos de mãos dadas pelo parque continua.

Levanto e passo a mão em sua cabeça. Ele me fita, encabulado.

Beijo-o e saio.

LEONARDO E O ENCONTRO COM SOLANGE

Ele está atrasado, novamente. Como sempre marca um horário e me faz esperar sentada nessa poltrona nada confortável. Coloco os pés sobre a cama, me viro. Meu chiclete já está intragável de tanto mastigar. Abro a boca, pego o chiclete e atiro com toda a força pela janela. Tomara que alguma dondoca pise nele e suje o seu sapato de loja de shopping. Vou até a janela ver onde caiu. Chove — se é que se pode chamar essa aguinha fina de chuva. Pelo menos serve para lavar a calçada. Assim como eu, as outras meninas jogam de tudo pela janela: cigarro, tampinha de garrafa, chiclete, maços de cigarro vazios, calcinhas — até camisinha encontro quando chego pela manhã.

Leonardo não vem hoje. Mas ele nunca falha! É o seu dia. A liga da meia está me apertando. Ainda essa: ter de esperá-lo fardada de prostituta do século passado. Se não fosse o dinheiro que me paga, já tinha me vestido e saído.

Olho uma vez mais na janela. Hoje o cinema vai estar lotado. A chuva aumentou e lá vem Leonardo. Mesmo com o guarda-chuva, é impossível não reconhecer seu jeito de andar.

Olho no espelho: não, não é preciso retocar a maquiagem. Pego outro chiclete em cima do bidê, mas desisto ao escutar os passos dele na escada. Dou um salto de onde estou até a cama (cuja distância é pequena) e me coloco na posição altamente sensual que vi na Playboy do mês passado.

Leonardo entra. Finjo que durmo. Ele me toca suavemente, cheira o meu perfume. Está gelado! Acho que é por isso que fico arrepiada. Abro os olhos em câmera lenta.

— Olá, Leonardo. Pensei que não vinhas mais.

— Olá, Solange. Desculpe a demora, tive que passar em outro lugar antes de vir para cá.

— E então? Hoje vamos conversar antes ou depois de transarmos?

— Antes — diz ele, categórico.

Eu me sento, preparo meus ouvidos, faço uma careta de atenta, espero que ele se sente na poltrona e aguardo. Um pouco frustrada, é claro, pois minha vontade louca era de transar com esse homem gostoso e esse pensamento atrapalha a minha concentração nas suas palavras. A fala é mansa, os assuntos são diversos e eu respondo rapidamente, no intuito de que a conversa dure pouco.

Ele finda e eu volto a ser a mulher sensual e não a menininha atenta.

Ele é bonito e eu vou transar com ele. Ele cheira bem. Não é como os outros das outras noites. Ele é bonito e hoje me quer só para ele. E eu me entrego, inteira.

Uma vez por mês ele vem aqui. Não pergunto por que e não quero saber. Ele gosta de conversar, transa comigo como se eu não fosse uma puta e eu adormeço em seu peito.

Segurando minha mão uma vez por mês, ele me faz esquecer.

LEONARDO E SEU DESTINO

O sol está teimando em entrar pela fresta da janela mas eu não quero acordar não tenho nada para fazer nesta manhã quente e linda de verão só quero ficar deitado e pensar por que estou aqui por que não me mexo levanto e encaro esse sol nojento preciso de um banho mas aí vou despertar quero sonhar de novo e não consigo quem sabe cubro os olhos com o travesseiro que silêncio acho que todos no prédio desapareceram tenho de terminar o livro mas nem ao menos comecei estou delirando amanhã troco a cortina do quarto esse travesseiro está cheirando mal ouço um carro para na outra esquina tenho de levantar mas não quero a festa foi muito boa ontem à noite mas não voltei sozinho estava acompanhado por mim mesmo e hoje acordo e não me encontro puxo o lençol corro até a janela abro a cortina e deixo o sol entrar pulo até a cama e os raios atingem em cheio preciso conviver com isso viro fumaça e adormeço.

LEONARDO E SUAS RAZÕES

— Tome mais uma cerveja. E pare de assoprar a fumaça do cigarro no meu rosto.

— Você está se tornando desagradável.

— Eu já me decidi, Léo.

— Pense mais um pouco. Ainda temos tempo.

— Eu não.

— Você está sendo precipitada e incoerente.

— Eu nem devia ter contado. Achei que merecias saber, mas agora sei que devia ter pensado mais um pouco.

— Fico lisonjeado pela sua consideração. Quando vai ser?

— Amanhã.

— Eu te levo.

— Não. Eu decidi, eu vou fazer e não precisas se redimir.

— Seja sensata.

— Estou sendo. Compreenda. Agora não é hora.

— Por quê? Sei o que quero. E hoje eu não quero.

— Precisaria ser uma decisão de nós dois.

— Não seja sentimentalista. Foi bom.

— É seguro?

— Se o valor do serviço equivale à segurança, eu diria que é.

— Você é simplista demais, não quero mais te ver depois.

— Eu já esperava por isso. Tudo bem. Mas tente encarar como uma decisão egoísta.

— Ontem não falavas em individualismo.

— Ontem era outro dia.

— Vou indo.

— Espere. Eu te levo.

— Até em casa ou até a clínica?

— Em casa. Não quero mais. Daqui um tempo verás que eu tinha razão.

— Suas razões não são as minhas.

— Até logo.

— Mas eu posso cuidar de vocês dois.

— Não me faça ficar emocionada.

— Não seja irônica.

— Um beijo?

— Não. Até um dia.

— Até.

LEONARDO SOFRE UM ABALO

O telefone toca insistentemente no chão empoeirado da sala de estar. A menina com os seios precoces não aparece já há uma semana. Talvez tenha arrumado um namorado da mesma idade que seu pai, ou então conseguiu uma maneira mais rápida de ganhar dinheiro. Leonardo se remexe na cadeira de espaldar alto, vira a página do livro lentamente e fecha os olhos esperando que o som irritante desista, mas ele continua. Coloca o livro com o cuidado de quem deposita uma taça de cristal em cima de uma bancada de mármore, e corre contrafeito para atender ao intruso.

— Sim. Leonardo.

— Léo, aqui é o Marcos. Lembra-se de Mariana?

É claro que ele se lembra: a moça bonita que ele conhecera na faculdade. Lembra do sorriso e do corpo de Mariana, das noites em que acordados conversavam, dos passeios e das festas das aulas. Contrai a sobrancelha — um sinal de que algo não está bem. Encosta-se na parede e desliza até o chão — limpando um metro quadrado de poeira com a calça jeans. Passa a mão nos cabelos.

— E aí, o que tem a Mariana, cara?

— Ela morreu esta manhã, no hospital. Câncer.

Leonardo se lembra do livro que comprara naquela manhã, da alegria que sentiu ao vê-lo na livraria sem expressão — um D.H. LAWRENCE de belas páginas amarelas e cheirosas — *Mulheres Apaixonadas*.

Desliga, despedindo-se do amigo que choramingava. Despe-se, toma um banho apressado. E dirige-se ao local do velório. Leva o livro no banco do carro. Chega à porta da capela e não tem coragem de entrar. Tem o sorriso de Mariana na memória. É só do que precisa. Volta para casa e entra no aconchego escuro da sala. Senta-se, liga a luminária moderna. Abre o livro e lê a noite inteira.

LEONARDO VISITA A GALERIA DE ARTE

É noite e tem-se a impressão de que todas as pessoas da cidade resolveram caminhar, mesmo com o frio que faz. Leonardo caminha apressado, apalpa o bolso do casaco para certificar-se de que não se esqueceu do convite e olha o relógio.

— Hoje eu não posso me atrasar.

Fora convidado por alunos do curso de Artes Plásticas para uma exposição, e lá estarão colegas da faculdade, alunos e algumas pessoas que têm hábitos parecidos com os seus.

Entra na rua da galeria e surpreende-se com o movimento de pessoas e carros, todos querendo estacionar na entrada do sobrado — uma casa antiga que fora restaurada para dar lugar a um espaço alternativo de cultura.

Leonardo entrega o convite para uma moça insípida que força um sorriso a cada convidado.

A sala está lotada: grupos de pessoas disputam o espaço com os objetos de arte expostos em corredores.

— Leonardo, que bom te ver aqui — diz uma senhora gorducha, estendendo os lábios num muxoxo grotesco.

— Olá, Margô. Vieste com o Ricardo? Onde ele está?

— Ah, por aí. Talvez atrás de uma dessas adolescentes precoces.

— Então, com licença, vou procurá-lo.

Dispersou-se, foi procurar algo para beber. Encontrou vários conhecidos e alguns que gostaria de não ter encontrado.

Resolve olhar as telas e passa por um dos corredores quando sente um arrepio fulminante.

— Aquele quadro.

— Um quadro interessante — responde a mulher nas suas costas.

— Não falo do quadro, quer dizer...

— Como estás, Léo?

— Olá. Eu te conheço?

— Acho que não.

— Desculpe, fiquei impressionado com este quadro.

— É horripilante — diz a mulher, mostrando uma careta.

— É que na noite passada sonhei com esta imagem: uma gárgula estava deitada sobre o meu corpo. Sua baba escorria.

Ela passava o rosto próximo do meu, como se estivesse me cheirando. Eu não conseguia me mexer, nem gritar. E agora chego aqui e vejo a cena neste quadro.

— Ora, Léo! Acho que estás vendo filmes demais.

Ele sorri diante da explicação simplista.

— Eu estava te esperando. Conversava com uma turminha chata quando te vi chegar. Fiquei com vontade de ir atrás de ti. Observava cada gesto teu e assustei-me com tua surpresa diante da tela. Resolvi averiguar se passavas bem. Lembraste do pesadelo, então.

Leonardo assentiu. Que mulher estranha: bonita, olhos grandes, uma pele que dá vontade de morder a noite inteira — pensa.

— Um pesadelo e tanto: deitado em tua cama, nu, com as cobertas abafando o calor que tenta sair por uma brecha, escutas um barulho imperceptível de asas batendo. Te viras na cama e ficas imobilizado ao ver uma gárgula te espiando na janela. Ela se aproxima, lentamente sobe em tua cama, puxa as cobertas e olha desejosa teu corpo. E tu continuas imóvel, não acreditando no que vês. O ser então se aproxima, cheira a tua pele, baba nos teus pelos e mesmo que feche os olhos, ainda sentes o hálito dele perto de teu rosto. Ofegante, o ser começa a passar a língua nojenta pelo teu pescoço, teu peito, teu umbigo. É quando sentes diminuir a pressão em cima de ti. Abres os olhos e aliviado sentes que estás sozinho no quarto.

— Mas esse é o meu pesadelo, como podes saber tantos

detalhes? — diz um Leonardo furioso e assombrado.

— Foi um prazer te conhecer, Léo.

E a mulher caminha em direção à porta.

Leonardo vê as pessoas mas não as escuta. Alguém abana, alguém sorri, um grupo bate palmas, mas não há som.

Corre até a porta, perseguindo o perfume da mulher. A moça insípida sorri para ele, mesmo não o vendo. Vai até a esquina — o frio aumentou — reconhece.

E, imobilizado, assiste o ser horrendo dar um impulso e alçar voo, gargalhando desbocadamente sobre um céu desconhecido de Porto Alegre.

LEONARDO VISITA AS RUÍNAS

Está ficando tarde. Daqui a pouco este lugar estará tão escuro que não conseguirei enxergar meus braços. A sensação é essa mesmo: não sinto meus braços, minhas pernas. Talvez seja porque estou sentado neste banco de areia há mais de duas horas, ou então me tornei um aleijado, um deficiente, um tetraplégico. Algo em mim está faltando. Soube que a casa ia ser demolida e resolvi dar uma última olhada. O que vejo agora é metade da casa. A outra está empilhada lá adiante, mas eu a vejo inteira. Está frio aqui e as pessoas ainda se recolhem cedo. Um ônibus para e descem pessoas estranhas. Fecho os olhos e vejo as pessoas do meu universo: é o aniversário de minha avó. Brinco no quintal cuja grama crescendo no meio da areia branca me chama bastante a atenção — sempre pensei que na praia não existia grama, só areia e casas e o mar. Brinco com sininhos de eucaliptos, pedrinhas e cascas de árvores até cansar e atravesso a cerca de arame farpado que divide o pátio da praia. Não sem antes passar pelo sarrabulho que minhas tias preparam e assistir, enojado, o sangue que escorre da garganta de duas ovelhas penduradas numa espécie de varal. Parece que estão do avesso. Caminho depressa para evitar o ar pesado. A festa está se armando. O chão muda sob meus pés e sinto a umidade e a maresia intensas que fazem com que eu rodopie e abrace tudo. Sento na areia fria e construo meu castelo. Digo que é um castelo, mas sei que é mais parecido com um forte: um grande forte, com um fosso maior ainda. E com casca de árvore faço uma ponte móvel, sempre abaixada. Depois da dedicação e esmero na arquitetura, assisto, imponente, à derrubada do forte pelas águas, que vão destruindo paredes, portas, muros, a ponte. De onde estou vejo um semicírculo de fortes derrotados, de castelos em ruínas. Hoje assisto impotente à derrubada da casa da minha memória. A manga da minha camisa umedeceu. Um reflexo automático faz com que eu procure ver as horas. Outro ônibus passa e uma coruja grita. Duas pessoas me observam — pensam que bebi. Estico as pernas e faço uma careta. Minha roupa está com areia. Posso fazer uma poesia agora, mas o choro trancado bloqueia as minhas ideias, meus membros e minha vontade. Estou triste e só. Escuto muito longe minhas risadas e meu avô chamando para o almoço.

Estou dolorido e triste.

AINDA

Encosto meu corpo no teu sexo quente e me transporto ao dia em que te conheci e decidi que serias meu lembro que não tomei a pílula e vejo as horas no rádio é madrugada e tenho vontade de transar contigo te toco gemes e não abres os olhos o espelho no corredor espreita assustado e eu diviso todas as coisas nessa escuridão ainda não amanheceu e eu quero tomar café contigo e tenho fome e quero te beijar e não acordas me encosto em ti e te amo assim sem mudar nada só acontecendo e eu tive um filho teu mas ainda sou tua namorada.

O PERSONAGEM E SEU DESTINO

O homem revira o lixo na frente do edifício à procura da sua janta. A chuva fina não o incomoda; não sentia mais a sua pele, nem seu corpo. Mas ouve quando uma porta abriu e alguém chamou.

— Ei, velho, tome isso aqui.

Caminha até a mulher, que lhe aponta um pote de margarina, ameaçadora.

Pega o pote e fica olhando o conteúdo: couve e guisado. Estala a língua ao sentir o cheiro entrando pelas narinas.

A criança atrás da mulher olha, atônita, e continua assim mesmo quando a mulher entra: enfia a mão no casaco grande e tira uma barra de chocolate. Estende ao velho.

O homem tateia, finge ler o nome do chocolate, cheira. Larga o pote na calçada e sai, agarrado ao doce.

Obras mal acabadas do destino, ambos escorregaram na telha limosa e despencaram no jardim de inverno, sobre a Canabis. Os vizinhos, já alertados pelo alvoroço do técnico, saíram em socorro dos dois, que foram levados por um samaritano ao hospital mais próximo; balbuciavam um dialeto ininteligível. O técnico ficou dois dias internado, pois sofrera escoriações. O álcool amortecera a queda de seu corpanzil. Maria José não tivera tanta sorte: amargou duas semanas entre febres e delírios. Amigos a visitavam, os médicos incentivavam a sua volta, mas Maria José tornava-se cada dia mais renitente, observava a todos através dos olhos fechados, mas estava num lugar calmo, amparada por pessoas bonitas e sorridentes que a chamavam para conversar. Quase se podia tocar o céu, e o cheiro de grama cortada recente era indescritível. Maria José não precisava preocupar-se com coisa alguma. Estava tranquila. Resolvera então não abandonar aquele paraíso. Olhava as pessoas à sua volta no quarto do hospital e acreditava-se mais distante. Decidiu então não retornar. Deu a mão à sua avó e caminharam juntas, até tornarem-se uma mancha escura entre a linha que separava o azul do verde.

PEQUENO ROMANCE NO BOM FIM

Quando eu te vi e minha mão suava e minha sobrancelha eriçada fazia um arco em direção à testa e eu salivava e ficava imaginando tuas mãos na minha pele e não falava eu queria deitar contigo e puxar os teus cabelos nos meus olhos e comecei a frequentar os teus lugares e comia xis na lancheria, e bebia no Bar do Beto, e sentava na Redenção, e assistia a OSPA no Monumento do Expedicionário, e amanhecia nos domingos no Brique, e só não ia na Igreja Santa Terezinha, mas procurava livro na Feira de Natal. E aí eu te tive, eu escrevi um livro e tive um filho teu e ganhei um bonsai. Mas ainda te amo no Bom Fim.

A casa estava situada a um quilômetro da estrada principal.

Era enorme, herança de família, diziam alguns, mas não sabiam ao certo, tampouco saberiam.

O primeiro de uma série quase interminável de assassinatos ocorreu muito tempo depois que ela chegou à casa pela primeira vez. Por isso a associação dos crimes com aquela mulher tão carismática, tão cheia de vida, era quase impossível. Mas como os grandes criminalistas diriam, uma pessoa não nasce com instintos assassinos, é preciso uma certa "preparação" da mente para que esses instintos venham à tona.

É preciso que a mente esteja doente...

86

A TARDE ARDE

CALOR: Meu corpo arde, enquanto gotículas de um suor desagradável teimam em escorrer pela minha testa. Meus olhos doem com a luminosidade que entra pela janela. Até há pouco um vento preguiçoso entrava pela porta aberta, agora sinto o ar pesado e morno, cortado apenas pela brisa formada pelo balanço da rede. O rangido da corda no metal embala meus pensamentos e eu constato, constrangida, que ultimamente eles estão mais velozes do que minhas ações. Apesar de estar nua, o calor que emana do meu corpo é intenso, e uma poça de suor forma-se no meu umbigo. Os meus seios derretem e o cabelo, agora bem mais longo, incomodamente gruda no pescoço, passeia pelos olhos, teimando em entrar-me na boca: seus dias estão contados. As moscas deslizam pelas minhas pernas, mas eu já não me importo. Coço a virilha e sinto exalar, com o movimento, um cheiro doce de suor e vagina. O cheiro desperta meus sentidos, até então calados, e meus dedos procuram instintivamente tocar o buraco úmido e mole. Mas a sensação não é a esperada. Preciso de um homem que me toque com suas mãos grandes e introduza sua língua áspera na minha vagina macia. E depois, com uma agressividade lenta, entre e saia do meu corpo com seu pênis robusto. A ideia me fascina. Meus lábios umedecem e eu murmuro teu nome. O livro aberto cai no chão, o corpo amolece e eu adormeço. Antes de fechar os olhos, vejo com pesar o relógio na parede: três horas da tarde.

E os pensamentos, lentamente, escorrem pelos seios e vão morrer no umbigo.

Adormeceu ali mesmo, sentada naquela cadeira de praia igual à que compramos em liquidação especial de verão. O livro não caiu porque ficou suspenso na barriga proeminente, encostado, ou apoiado nos seios que teimavam em fugir da parte superior do maiô, já puído e descolorido. Nem lembrava o ano em que o comprou. O chapéu de palha enterrado na cabeça, duas argolas gigantes que pendiam de lóbulos levemente flácidos. O sol não a incomodava, pois sua pele estava muito curtida. Nem o vento, nem a gritaria dos meninos jogando bola. Adormecida, mesmo assim sorria. Sorria porque nesse momento, em que ainda não estamos conscientes do sono e teimando que continuamos acordados, mesmo ouvindo o som do próprio ronco, ela via dançando na sua frente, com roupas idênticas (calça branca e camisa com flores coloridas gigantes), ao som de uma marchinha de carnaval, todos aqueles homens que durante sua vida lhe deram prazer. Amigos, namorados e amantes — todos dançando e gargalhando à sua volta. Podia sentir o cheiro característico de cada um, lembrava do nome de todos e da maneira especial que a tocavam. Podia mesmo sentir o gosto de suas bocas, e seus pelos, de seus sexos. Sentia agora na pele todos os gozos, todos os orgasmos — fingidos, únicos, múltiplos, intensos, rápidos, selvagens, ou mornos, estáticos. Incontáveis orgasmos — puro prazer. A pele eriçada, os olhos em órbita, o púbis inchado que quase explode à pressão do pênis.

AAAHHH! Órgão adorado!

O corpo estremece e ela sente o frio. O livro desaba na areia. Será que está morrendo? Será essa a visão que antecede a morte iminente?

Ah! Quisera morrer nos braços de todos eles... O frio aumenta e ela lentamente abre os olhos, assustada por um não saber onde se encontra. Vislumbra aos poucos o mar, a areia, um banhista aqui ou lá. É tarde.

Larga o livro na cadeira, tira o chapéu, ajeita os seios molengos e vai em direção à água, quando ouve o guri:

— Vó, vamos embora que já é tarde...

Daiana sentiu-se lívida. A vontade que tinha era de esmurrar seu chefe até vê-lo desfalecer, quebrar algumas coisas, bater portas e sair correndo para não voltar.

Sentada em sua mesa, via essas cenas como num filme, em câmera lenta. Era o seu limite, e o que faria agora, vendo os ponteiros da bomba-relógio chegarem perigosamente na marca vermelha?! Não faria nada, como sempre. Sentiu-se entediadamente solitária e imaginou-se deitada em sua cama enorme, sozinha e no escuro. E esse pensamento reconfortou-a: era como se achasse envolvida num grande abraço. E de repente precisou de um colo. Não um colo quente e nu de amante, mas um colo quieto, ainda que quente, que só os pais e as mães sabem dar, mesmo não querendo. E então levantou toda a sua inércia, enxugou os olhos, deixou a armadura de lado e com um sorriso brilhante avisou ao homem que se dizia seu chefe que iria sair mais cedo. O homem não titubeou.

Daiana saiu do vento e sentiu-se muito leve. Já decidira a viagem, mas não evitou uma pontinha de culpa por não estar em casa aquela noite. Mas precisava ir. Não ajudaria em nada se ficasse. E mesmo não queria certificar-se de que ele não precisaria dela naquela noite.

Dirigiu-se à rodoviária, comprou a passagem, sentou-se numa lancheria sem estar com fome, comprou chiclete, leu o jornal. Ainda poderia desistir. E pensando nisso entrou no ônibus.

Era noite quando chegou à cidade. Caminhou até a casa do pai imaginando a surpresa que ele teria, os abraços efusivos, os beijos. Sorria, pois o pai diria que ela sempre fizera coisas desse tipo. Quase saiu correndo, mas conteve-se, afinal, estava perto. Por um breve momento esqueceu o trabalho, as pessoas, o dinheiro, os amores. Prendeu a respiração, ajeitou os cabelos, enfeitou o rosto com um belo sorriso e bateu na porta. Alguém abriu, ela perguntou por ele, entrou e encontrou-o na sala, indagando pelo horário, pelo tempo, pelos outros e beijou-a como se a tivesse beijado ontem.

O sorriso continuou no rosto, mas os olhos não o olhavam mais. Um café, a televisão nova, o novo livro. Deitou-se leve, porque vazia, pois ia embora ao amanhecer. Afinal, só viera ganhar um colo. E ele não entendeu.

Saiu cedo. Nada de abraços. Nada de afagos.

Chegou em casa: ele dormia nu, embaixo de seu lençol preferido. Tirou a roupa, deitou-se ao lado dele e carinhosamente foi ajeitando-se. Puxou um abraço, colocou a perna grossa sobre sua coxa, encaixou a bunda fria naquela barriga quente, sorriu, satisfeita — hoje eu ganhei um colo.

Mesmo com o frio escancaro a janela do ônibus e a mulher gorda ao meu lado faz uma careta que a deixa mais estranha com esse vestido verde. Olho para ela e imagino uma alface — daquelas que são molhadas no mercado logo de manhã cedo para que pareçam bonitas e novas.

O vento sacode meus cabelos, que vão parar no rosto da alface. Ela finalmente levanta e eu sorrio. Abro o livro do Jack London e escondo o rosto. Mas não leio, fico absorta olhando o movimento na rua, as luzes, as árvores, e fecho o livro para não perder nada. Falta pouco para chegar em casa e o pensamento que passa na minha cabeça me faz enrubescer. Isso só acontece quando tenho consciência de que faço algo errado, ou melhor, fora do meu normal. Escondo isso até da terapeuta como não poderia esconder de mim. A sensação é gostosa. Sorrio atrás dos meus dedos. Enfim chego em casa. O vento é bom no meu rosto agora. Largo a bolsa, os livros e o jornal em cima do sofá, tiro os sapatos e entro no quarto. A cama está em desordem, me convida e eu me atiro. Fico uns segundos assim, sem mover um músculo. Faço um movimento para a esquerda, levanto e alcanço com a mão a mesa de cabeceira, abro a gaveta — não a minha, mas a dele, onde ele guarda uma infinidade de agendas, todas organizadas — as mais antigas embaixo e as atuais na parte de cima. Ontem eu li a quarta, de capa vermelha. Hoje vou ler a de capa preta. O coração pula.

Fico atenta a qualquer barulho diferente na casa: o bater do portão, a chave na grade, o tropeço na mangueira. Mas não há nada. Só minha respiração pesada. Sento na cama, tensa. Não lembro do dia em que li a primeira agenda, que mais é um diário, um relato do que foi o cotidiano dele algum dia. Um dia em que eu não existia, que eu não o conhecia. Peguei ao acaso, por curiosidade, e agora ler as agendas tornou-se um prazer. Conheço o que ele não me conta, sinto o que ele sentiu um dia, sei o nome de suas mulheres e o que elas representaram, ou representam ainda. Preciso contar para a terapeuta o que ando fazendo. Às vezes quando estamos tomando café imagino que ele saiba que as estou lendo. Digo um nome que li e observo sua reação — nenhuma. Quando transamos fico triste por pensar que ele já suspirou ou disse algo no ouvido outras tantas vezes para outras mulheres. Fico excitada quando leio minuciosamente as descrições de suas relações sexuais. Me surpreendo, entristeço, fico irada mas não sinto ciúmes. Eu sou compreensiva. Também tive outras pessoas. Ouço um movimento na rua, escondo a agenda debaixo do cobertor e escuto. Nada. Acho que estou me arriscando. E se ele chega e vê a agenda na minha mão? Posso dizer que procurava um endereço. Mas no ano de 86? Eu descobri um homem que eu não conhecia. Qual deles me fascina? O que eu leio ou o que eu toco?

Muitas pessoas, música alta e mesmo assim eu ouvia o que se passava aqui dentro.

Sorrisos, conversas, dança, bebida e eu inquieta com o que via aqui dentro.

É como se eu observasse um aquário sentada no meio de uma grande avenida, com os carros passando, as pessoas correndo, e o aquário ali no meio de tudo, e eu quieta a observá-lo.

Não ouso tocar no aquário. Me contento em observá-lo.

(Escrito no dia da 1ª festa da Helena Bonumá, no Bar Opinião.)

O HOMEM IDEAL

Se ele fosse baixo, gordo, alto ou magro não importaria. Teria que ter apenas dois centímetros a mais do que eu — para suprir eventuais sensações de insegurança!

Mas seria imprescindível que:

- Falasse duas línguas: a minha e a dele;
- Se não tivesse princípios, teria que seguir os meus;
- Concordasse sempre;
- Fosse carinhoso, amável, seguro, sincero. E quando não, que ficasse duas semanas pensando em como sê-lo, e só depois aparecesse.
- Estivesse sempre disposto (passear, ler, discutir, conversar, amar), senão não se enquadraria no chamado “Homem Ideal”;
- Fizesse uma força sobre-humana para ser considerado ideal (isso se conseguisse chegar a ser “Homem”);
- Sorrisse sempre (com dentes perfeitos!);

• Tivesse consciência de que eu sempre serei a mulher ideal (pois afinal um homem ideal precisa de uma mulher ideal: EU!)

(Conto apresentado com o exercício no Curso de Letras da FAPA — turma 308 A — Língua Portuguesa I — Denise Nascimento — nr 18 — e que recebeu a nota "Excelente!")

Palavras são carregadas de significação, mas algumas vezes usamos palavras que não exprimem o que sentimos realmente, ou escutamos palavras desprovidas do sentido real ou do sentido que gostaríamos que tivesse.

Acontece também de escutarmos diariamente "chavões".

E chavões nunca exprimem o que sentimos; são repetições de palavras sem sentido algum, pois são criadas para ser usadas em certas situações.

Só que as situações acontecem numa velocidade maior do que aquela em que são criados os chavões, e às vezes, na falta de algo a dizer, usamos chavões para uma situação à qual ele não se aplica.

Faço esta introdução porque tentei usar, aliás usei, um chavão que não se aplicava à situação em que me encontrava, mas não por não ter outra coisa a dizer, e sim porque eu não pensava direito, as minhas ações no momento eram mais significativas que minhas palavras, mas meus pensamentos não se organizavam, tamanha a gama de sensações que parecia que me derrubariam a qualquer momento. Então eu usei um chavão. Mas não bastou, e eu tentei usar gestos para exprimir o que sentia.

E foi então que eu ouvi: não um chavão, mas uma frase criada especialmente para aquela situação, uma frase carregada de sentimento, de significação. Uma frase (que acho seja uma ideia remota) criada para descrever o ato, realmente, mas uma frase que eu ouvi e ficou na minha memória: "Eu quero entrar em ti".

Depois que eu ouvi isso não pude mais me segurar, e se até aquele momento eu ainda tinha dúvidas, ao ouvir essa proposta, esse pedido, essa ordem me soou como um sinal de "vamos lá, siga em frente sem medo".

E o muro que eu tinha erguido até então caiu, fazendo um barulho enorme, e eu deixei de lado as minhas dúvidas, os meus medos, os meus questionamentos, e me entreguei totalmente.

Eu me soltei e fiz exatamente o que estava com vontade, não me preocupando com o depois, pois o que eu queria era aproveitar aquele momento em que eu me abandonei aos meus sentimentos, aos meus desejos, à minha vontade. Me senti leve. Me sinto leve até agora.

Leve e linda. É uma sensação muito boa.

Palavras acompanhadas de gestos e sensações conjuntas devem ser melhor ainda. Um dia talvez eu tente.

Por isso o constrangimento em seguida. Porque não falei tudo ainda. Ainda tenho medo.

Palavras são carregadas de significação, mas algumas vezes usamos palavras que não exprimem o que sentimos realmente, ou escutamos palavras desprovidas do sentido real ou do sentido que gostaríamos que tivesse.

Acontece também de escutarmos diariamente "chavões".

E chavões nunca exprimem o que sentimos, e, sim, são uma repetição de palavras sem sentido algum, pois são criadas para serem usadas em certas situações.

Só que as situações acontecem numa velocidade maior do que aquela com que são criados os chavões, e às vezes, na falta de algo a dizer, usamos chavões para uma situação à qual ele não se aplica.

Faço esta introdução porque tentei usar, aliás, usei, um chavão que não se aplicava à situação em que me encontrava, mas não por não ter outra coisa a dizer, e sim porque eu não pensava direito. As minhas ações no momento eram mais significativas que minhas palavras, mas meus pensamentos não se organizavam, tamanha a gama de sensações que parecia que me derrubariam a qualquer momento. Então eu usei um chavão. Mas não bastou e eu tentei usar gestos para exprimir o que sentia.

E foi então que eu ouvi: não um chavão, mas uma frase criada ali, que eu nunca tinha ouvido. Uma frase que eu ouvi e ficou na minha memória: "Eu quero entrar em ti".

Depois que eu ouvi essa frase não pude mais me segurar, e se até aquele momento eu ainda tinha dúvidas, ao ouvir essa proposta, esse pedido, essa ordem me soou como um sinal de "vamos lá, siga em frente sem medo".

E o muro que eu tinha erguido até então caiu, fazendo um barulho enorme, e eu deixei de lado as minhas dúvidas, os meus medos, os meus questionamentos, e me entreguei.

Me soltei e fiz exatamente o que estava com vontade, não me preocupando com o depois, pois o que eu queria era aproveitar aquele momento de abandono. Me abandonei aos meus sentidos, aos meus desejos, à minha vontade. Me senti leve. Ainda me sinto leve. É uma sensação muito boa.

Palavras acompanhadas de gestos e sensações conjuntas deve ser melhor ainda. Um dia talvez eu tente.

Por isso o constrangimento em seguida. Não falei tudo ainda.

Tenho falado uma coisa e demonstrado outra. Essa contradição me constrangeu. Ainda tenho medo de cair e ralar o joelho.

PESQUISA

Aos catorze, responde incisiva, categórica. Perdeu a virgindade aos catorze, nem mais, nem menos. Como podia dizer abertamente, tendo uma filha de treze? Sempre respondeu que foi aos vinte, mas não, hoje não mentiria. Foi aos catorze e foi assim — não sabia direito o que era sexo, fantasiava tudo que via, tudo que ouvia. E se lembra da noite e do local, do que pensou após ser trespassada por aquele pau de carne. Então sexo é isso?! E só isso?! Então por que a fantasia, a preparação, a lenga-lenga no ouvido, a língua na boca, aquele sorriso lobo mau? Ele não sabe, mas ela foi por curiosidade, coisa mais boba achar que foi seduzida, mas ele era bonito mesmo, a pele morena, a barba macia, os olhos de cigano, e o que mais a impressionou — a ausência do dedo mindinho da mão direita. Será que ele era parente daquele metalúrgico que ela viu na TV? Achava que não, mas não importava. Agora fazia parte da porcentagem das meninas que iniciavam cedo as relações sexuais. O pai queria casá-la quando descobriu. A mãe não acreditava e ela pensava — ficar com um homem desses? Não mesmo. É bonito mas é um grosso, além de velho demais para ela. Queria mesmo era namorar guri, sem pelo no peito, mas que não babava no seu ouvido, aquela baba grossa que a deixava surda. — Então fui fazê a minha vida, seu dotô, que parada a gente não anda, pode botá aí na sua pesquisa. Foi aos catorze. Mas não deixa a minha filha ver isso, não.

Saí da terapeuta com a sensação de não ter compreendido muita coisa, e ir para a casa de meus pais com essa sensação me entristece.

Sinto falta tua, (Maria, Marta, Betina, Cecy)?!... B.

(Obs.: Estou tendo dificuldades na escolha do nome da namorada do meu personagem. Tento vê-la apenas como um personagem, mas sendo ele [o personagem principal] o homem que está comigo agora, que eu amo, fica difícil colocá-lo ao lado de outra mulher, ouvindo-o dizer um nome que não seja o meu de forma tão apaixonada.)

Sinto falta de alguém. Tua falta... Vou até a lancheria para ver se te encontro. Depois vou à tua casa, como em outras vezes, me esgueirando, me aproveitando da escuridão para observar sem ser notado.

Sinto tua falta... B!

Enquanto penso, escrevo no guardanapo. Já perdi a conta do número de guardanapos escritos que tenho em casa. Acho que tenho uma coleção. Gostaria de mostrá-los para ti, mas nem todos falam de ti. Eu tive outras mulheres, me apaixonei e escrevi sobre elas em guardanapos também. Acho que as situações se repetem, ou melhor, nós repetimos, por não conseguirmos ser originais, ou não continuamos os mesmos indefinidamente?!

— Olho o copo de cerveja e resolvo pedir um xis-qualquer-coisa, pois a fome está me deixando com as ideias desconectadas.

Sinto tua falta... B!

A lancheria está cheia. As pessoas gritam, disputando seu espaço, os garçons observam os fregueses eventuais e cumprimentam os habituais. Vou sair e te procurar.

Vou sair. A noite está fria.

SOBRE A AUTORA

Denise Nascimento dos Santos

★ 28-5-1965, Pelotas – ✞ 10-10-2020, Porto Alegre, em decorrência de COVID-19.

Estudou no colégio Pelotense, depois se mudou para Porto Alegre, onde se formou no curso técnico na área de edificações da Escola Parobé. Conhecemo-nos em novembro de 93.

Participou da oficina de criação literária da PUC-RS, com aulas ministradas pelo escritor Luiz Antônio de Assis Brasil, que acabou culminando na edição da antologia *Contos de Oficina nº 18*, da editora EDIPUCRS, na qual inscreveu três contos: *Rotina*, *Fotografia* e *Ritual*.

Na sua apresentação nessa antologia, escreveu: *"Denise Nascimento, pelotense, é técnica projetista em instalações hidráulicas. Hoje em Porto Alegre, simplesmente escreve."*

E foi sempre assim. Mãe de três filhotinhos, todos de janeiro: Laura (1989), Bruno (1997) e Luiza (2000).

Em 2012 volta a participar de uma antologia, agora de poemas, *Quando o inverno chegar*, da Editora InVerso, com o poema *Inverno*, e dessa vez apresentou-se assim: *"Denise Nascimento, técnica em edificações, instrutora de curso profissionalizante na área da construção civil – sua metade concreta, pois a outra metade é inteira na área da escrita e leitura, seu mundo paralelo."*

Participou em Maringá-PR de oficina de criação literária do SESC/PR na criação de textos teatrais.

Estava roteirizando uma história em quadrinhos.

Deixou um romance cigano esboçado. Aliás, tinha ligação muito forte, visceral, com esse povo, que parecia vir já de outras vidas. Tinha muito orgulho dessa etnia, de suas danças, seus rituais e seu modo de vida. Transcendente.

E foi sempre assim. Alma sensível, buscava escrever no seu mundo paralelo, buscando entender-se e compreender o outro, exorcizando seus fantasmas e suas contradições. Dizia que era a melhor maneira que entendia de sentir-se, de sentir tudo o que se passava com ela, ao redor dela, e chegou a afirmar numa carta pessoal: *"Por isso escrevo."*

Aliás, outra forma de expressar-se era por cartas, e uma delas, *Casa da Vó,* foi parar numa crônica no Jornal da Manhã em 11 de abril de 1982.

Firmino Apollo

Este livro foi escrito por uma incrível mãe e ótima poeta. No carinho com seus filhos ou na elaboração dos versos de sua poesia, nunca lhe faltou dedicação.

Bruno Apollo

Quero dizer que ela deixou como herança uma infinidade de contos e poemas, eternizados neste livro e em nossos corações, que amenizam um pouco a saudade daqueles que a amavam.

Luiza

Apresentar quem fui é como definir a imensidão do oceano, ritmar a grandiosidade das marés, catalogar a exuberância das estrelas.

Fui tudo o que me permiti ser. Nada é concreto, vivo em paralelas. Na essência nunca fui ponto final, sou reticência. Aqueles três pontos intermitentes que insistem em dizer que nada está fechado, que nada acabou...

A definição de vida tem meu nome e meu sobrenome tatuados no peito, marcados na alma. Fui mulher, mãe, guerreira. Fui trabalho, compromisso e sucesso. Fui cigana, aventureira. Fui a força de todas as batalhas que lutei.

Definir quem fui é pouco para o muito que sou.

Hoje, sou a saudade eternizada em memória e poesia.

Laura

Esta obra é uma homenagem póstuma a Denise, uma alma leve, pura e marcante que deixa saudades a cada dia.

Que através dessa leitura você tenha a oportunidade de a conhecer com toda a sua doçura, alegria, sensibilidade e ousadia.

Dos seus filhos Laura, Luiza e Bruno.